Sehr verehrte Mausfreunde,
herzlich willkommen in der Welt
von

Geronimo Stilton

Geronimo Stilton

DAS GEHEIMNIS DES SMARAGD-AUGES

Schwager & Steinlein

WER IST GERONIMO STILTON?

Das bin ich! Ich bin Verleger der *Neuen•Nager◦Nachrichten*, aber am liebsten schreibe ich Geschichten über die vielen Abenteuer, die ich erlebe. Hier in Mausilia, der Hauptstadt der Mäuse-Insel, sind alle meine Bücher Bestseller! Sie verkaufen sich wie warmer Käse. Kein Wunder, denn sie sind spannend und witzig ... Viel Spaß beim Lesen wünscht euch euer

Geronimo Stilton

THEA STILTON

Geronimos Schwester und rasende
Reporterin der *Neuen•Nager∘Nachrichten*

FARFALLE STILTON

Geronimos nerviger Cousin
und Besitzer des *Billigwillich-Bazar*

BENJAMIN STILTON

Geronimos Lieblingsneffe,
ein sympathischer 9-jähriger Mäusejunge

MONTAG!

«**Heiliger Käsekuchen!**» Es schlug neun Uhr, und damit hatte ich, *Geronimo Stilton*, wieder einmal verschlafen. In einer Minute war ich aus dem Bett, in der nächsten angezogen. Ziemlich flott, wenn man bedenkt, dass ich eigentlich ein Morgenmuffel bin.

«Scheibenkäse! Ich hasse Montage», stöhnte ich, während ich meine Zähne mit **Frischkäse**-Zahnpasta putzte. Dann lief ich zur Treppe, stolperte über meinen Schwanz und purzelte die Stufen bis zur Haustür hinunter.

Dong! Dong! Dong! So viel zum Thema mäuschenstill.

Lärm erfüllte die Straßen von Mausilia, der Hauptstadt der Mäuse-Insel. Vermutlich war der Rest der Welt genauso spät dran wie ich. Überall standen Käselieferwagen und hupten wie verrückt. Mäuse, Ratten und Nager aller Art RASTEN in Autos, Taxis und auf Maus-Jordan-Turnschuhen vorbei.

Wenig später erreichte ich mein Verlagshaus. Oh, Verzeihung, ich habe vergessen zu erwähnen, dass ich eine Zeitung herausgebe: die **Neuen•Nager◦Nachrichten**.

Immer zwei Stufen auf einmal nehmend, stürmte ich ins Haus. Was für eine Anstrengung! Ich war völlig außer Atem. Doch bevor ich Luft holen konnte,

schoss meine Sekretärin Mausella auf mich zu. «*Herr Stilton*, **ENDLICH!**», rief sie. «Jede Menge Mäuse wollen Sie sprechen: die Grafiker, die Drucker + der Chefredakteur möchte **sofort** angerufen werden.» Ich rettete mich hinter meinen Schreibtisch. Doch Mausella verfolgte mich auch dorthin.

«Das Kopiergerät ist kaputt», fuhr sie fort. «In der Poststelle hat schon wieder eine Maus gekündigt. Und bitte vergessen Sie nicht,

dass sie mir eine Gehaltserhöhung versprochen haben!»

Gleich würde mein Kopf explodieren, das war klar. Meine Barthaare zitterten schon.

So einen Tag wünsche ich nicht einmal der fiesesten **KATZE!**

THEAS GEHEIMNIS

Um die Mittagszeit kam meine Schwester Thea, die rasende Reporterin der **Neuen•Nager◦Nachrichten**, auf ihrem Motorrad vorbei.

«Ich lade dich zum Mittagessen ein», flötete sie. «Ich habe einen Tisch im FROMAGE D'OR reserviert.» Dann packte sie meine Pfote und flüsterte: «Ich muss dir nämlich ein wichtiges Geheimnis anvertrauen.»

ZWANZIG MINUTEN später pellte ich mich mit klappernden Zähnen von Theas Motorrad.

«Willst du, dass ich einen Herzinfarkt bekomme?», piepste ich und versuchte, meine Barthaare zu ordnen. «**Warum, warum, warum** musst du so rasen? Das ist doch gefährlich! Eines Tages werden wir im Krankenhaus landen und können unseren Käse nur noch durch Strohhalme zu uns nehmen!!»

«Tss, tss, tss, immer noch der alte Angstmäuserich», lachte meine Schwester und stürmte ins Restaurant.

Bevor wir Platz nehmen konnten, musste Thea noch ein paar Freunde begrüßen.

«Hallo, Ratty! Wie geht's dir, Philli? Schön, dich zu sehen, Käsimir.»

Ich rollte mit den Augen. Thea hatte mehr Freunde als ein Käselieferant kurz vor Weihnachten!

Dann konnten wir uns endlich setzen.

«Worum geht's denn nun?», fragte ich ungeduldig.

Doch meine Schwester sprach schon mit dem Kellner. «Ravioli mit Käsefüllung für zwei!», bestellte sie. «Mit extrascharfer Tomatensoße.»

«Scharf?», stöhnte ich. «Du weißt doch, dass ich davon Sodbrennen kriege.»

Sie hob beschwichtigend die Pfote. «Du kannst ruhig ein bisschen mehr Pep in deinem Leben gebrauchen. Außerdem musst du dich daran gewöhnen, alles Mögliche zu essen, wenn wir erst mal auf Reisen sind», flüsterte sie und zwinkerte mir zu.

«Reise? Auf was für einer Reise?», fragte ich.
«Psssst! Psssst! Soll es denn jeder hören?», zischte sie und kniff mich in den Schwanz.
«Sag mir endlich, worum es geht!», zischte ich zurück.
Thea blickte sich nach allen Seiten um. «Leg die Barthaare an. Ich glaube, der Kellner will uns ausspionieren. Er sieht so verdächtig aus.»
«Wieso sollte er uns denn ausspionieren?», widersprach ich.
«Wenn du wüsstest ...», antwortete meine Schwester und sah sehr geheimnisvoll aus.
Da konnte ich es nicht mehr aushalten.
«Wenn du mir nicht sofort alles erklärst, **SCHREIE ICH!**»
«Hoppla! Da ist wohl jemand mit der linken Pfote zuerst aufgestanden», grinste Thea.

Doch dann fing sie endlich an zu erzählen. «Ich habe eine alte Karte gefunden. Eine Karte von einer Insel. Und darauf ist eine Stelle verzeichnet, wo ein Schatz liegen soll», flüsterte sie. «DAS SMARAGD-AUGE!»

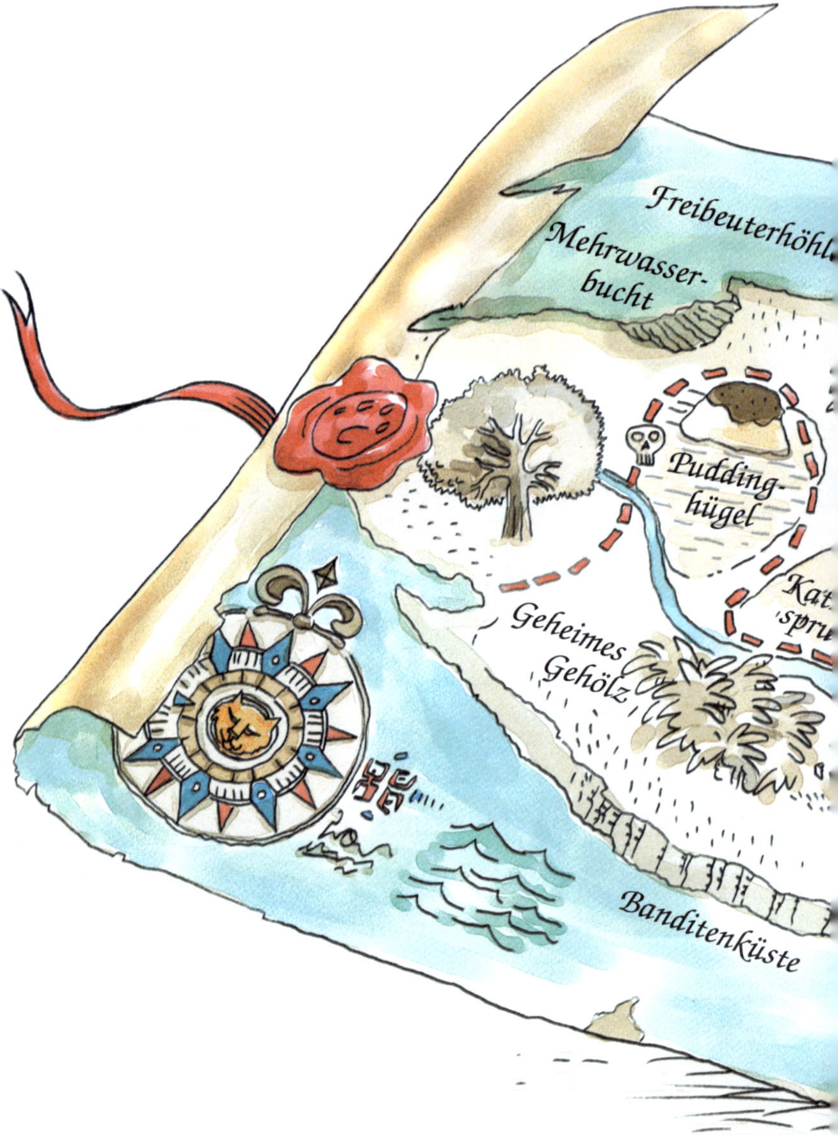
Freibeuterhöhl
Mehrwasser-
bucht
Pudding-
hügel
Geheimes
Gehölz
Banditenküste

Halbmond-
bucht
Schatzgräberpass
Perlenspitze
Piraten-
hügel
Mäusemoor
Salzlakritzenfluss
Krallenklippe
Bei ✖ liegt das SMARAGD-AUGE

Dann zog sie ein vergilbtes Papier unter dem Tisch hervor.
«Diese Karte habe ich auf dem Flohmarkt gefunden», fuhr sie aufgeregt fort. «Oh, GERRYBERRY, du musst mich begleiten. So eine Chance hat man nur einmal im Leben!»
«Erstens: Nenn mich nicht GERRYBERRY. Mein Name ist *Geronimo!*», schnaubte ich. «Zweitens: Ich bin viel zu beschäftigt. Wir bereiten gerade ein neues Buch vor, *Nützliche Nagerregeln für Dummies*. Und drittens: Wer hat schon jemals etwas von einem SMARAGD-AUGE gehört? Das ist doch lächerlich!»
Thea packte meine PFOTE und blickte mir direkt in die Augen. «Aber du bist doch mein **großer** Bruder – du kannst mich nicht allein fahren lassen, *Geronimochen!*», piepste sie mit honigsüßer Stimme. Meine

Schwester könnte eine Katze überreden, als Koch für sie zu arbeiten.
«Mein Name ist GE-RO-NI-MO!», stöhnte ich.
An diesem Abend trank ich etwa zehn Tassen Beruhigungstee, hörte mir Schlaflieder an und zählte Käseräder. Doch ich bekam einfach kein Auge zu.

BILLIGWILLICH

Wenn meine Schwester eine Idee hat, dann sitzt diese Idee so fest in ihrem Kopf wie eine Maus in der Falle. Am nächsten Tag fuhren wir zum Hafen. Bevor ich mich's versah, hatte ich ihr versprochen, sie auf ihrer albernen Schatzsuche zu begleiten. Und wie jede Maus weiß, ist ein Nagerversprechen heilig.
«**Piepspiepshurra!**», jubelte Thea und fing an zu tanzen.

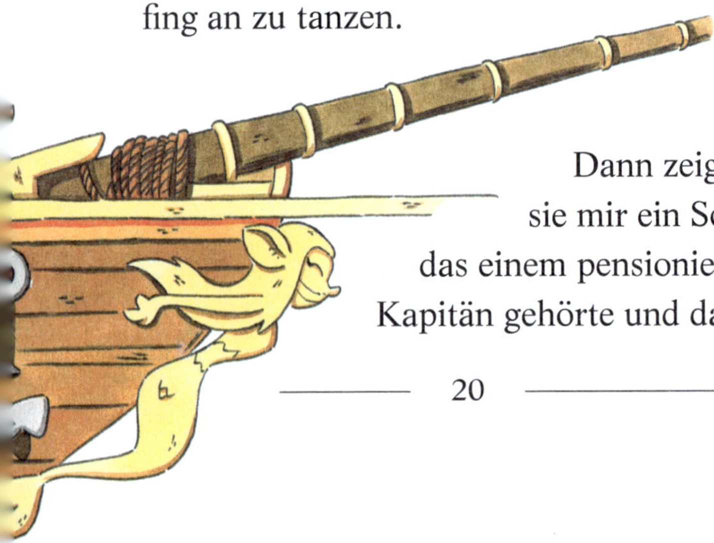

Dann zeigte sie mir ein Schiff, das einem pensionierten Kapitän gehörte und das sie für unsere Reise mieten wollte. Es war **käsegelb**, meine Lieblingsfarbe. Auch der Name des Schiffes schien ein gutes Zeichen zu sein: *Glücksfee*.

Meine Schwester betrachtete das Schiff, dann sah sie mich nachdenklich an. «Ich fürchte, zwei Seeleute sind einfach zu wenig für die Reise», meinte sie. «Weißt du, wer noch mitkommen sollte? Farfalle! Er hat immer gesagt, er sei eigentlich eine echte Wasserratte.» Wasser Wasser Wasser
Wasser Wasser Wasser Wasser Wasser Wasser
Wasser Wasser Wasser Wasser

Ich hatte keine besonders hohe Meinung von meinem Cousin Farfalle. Als Junge war er ein echter Albtraum gewesen.

«Farfalle?!», stotterte ich.

«Aber Thea, erinnerst du dich nicht, wie er mir einmal den Schwanz verknotet hat? Eine Woche lang kam ich nicht

mehr aus der Hose! Und dann hat er meine Barthaare mit LILA FRUCHTSAFT gefärbt!!»
Doch, wie ich schon sagte, wenn meine Schwester eine Idee hat, kann sie nichts aufhalten.
Wenige Augenblicke später standen wir vor Farfalles Ramschladen, dem *Billigwillich-Bazar*. Die Auslage war staubig und lag voller Sperrmüll: alte, vergilbte Fotos; ein falscher Kristall, der angeblich Katzen verscheuchen sollte; eine Schachtel mit silbernen Barthaarwicklern; ein extrastarker Pelzföhn …
Als wir die Tür öffneten, klingelte eine Traube aus Messingglocken, die von der Decke hing. Ein DICKLICHER Mäuserich mit kurzen Pfoten und einem Bleistift hinter dem Ohr thronte in einem Drehstuhl mit gepolsterten Armlehnen. Er trug eine ausgebeulte blaue Hose und ein

Paar rote Hosenträger. Es war Farfalle. Er sprang auf und huschte in verblüffendem Tempo zu uns herüber.

«Na, wenn das keine Überraschung ist!», brüllte er und quetschte mir die Pfote. «Lange nicht gesehen! Ihr beide seid wohl unzertrennlich, was? Wie Brot und Käse. Worum geht's denn? Wollt ihr was kaufen? Ich sag's euch gleich: keine Prozente! Auch nicht für Verwandte! Und nur BARGELD!»

«Können wir uns irgendwo ungestört unterhalten?», wollte Thea wissen.

Farfalle führte uns in einen Nebenraum, der mit Büchern vollgestopft war. Da gab es stapelweise Bücher zu jedem beliebigen THEMA. Über Katzen. Und Käse. Und Katzen, die Käse essen. Und Mäuse, die Katzen mögen. Und so weiter. Die Luft war so stickig, als sei hier nicht mehr gelüftet worden, seit Christoph Columaus die Mäuse-Insel entdeckt hatte.

Da hörten wir plötzlich ein furchtbares Geräusch:

Miauuuuu!!!

Mi

Thea und ich sprangen in die Luft. «Katzen!!!», schrien wir entsetzt.

Farfalle kugelte sich lachend auf dem Boden. «Ha! Ha! Ha!», lachte er. «Das sind keine Katzen. Das ist nur eine Tonaufnahme. Sie startet automatisch, wenn jemand die Bibliothek betritt. Ist das nicht toll?»

«Einfach umwerfend», quiekte Thea und VERDREHTE DIE AUGEN.

«Also, zumindest verscheucht es Einbrecher und Kanalratten!», grinste Farfalle.

«Hm ... vielleicht sollte ich es

iiaaaaaUuuuu!!!

patentieren lassen», fügte er hinzu. Ich konnte beinahe hören, wie sich die Räder in seinem kleinen Mäusehirn drehten.

«Das würde mir ganz hübsch was einbringen», murmelte er mit leuchtenden Augen. Dann kam er wieder aufs Thema zurück.

«Also, was sucht ihr beide denn? Redet nicht lange um den heißen Käse herum. Ihr wisst, ich bin eine sehr beschäftigte Maus», fügte er stolz hinzu und plusterte sein Fell auf.

Nun erklärte Thea ihren Plan, und Farfalle

lauschte mit halb geschlossenen Augen. Doch ich merkte, dass er interessiert war, denn als Thea das SMARAGD-AUGE erwähnte, fing sein Schwanz an zu zucken.
«Okay, ich komme mit», verkündete er. «Immerhin war ich in jungen Jahren mal Kapitän. Ich bin eine geborene Wasserratte. Doch ich sage euch: Jeder, der es wagt, seine Pfoten auf meinen Teil des Schatzes zu legen, ist eine tote Maus!»
Wir stießen auf eine erfolgreiche Fahrt an. Dann kreuzten wir unsere Schwänze und quiekten: «Auf unseren Schatz!

Einer für alle! Alle für einen!»

NIMM MICH MIT!

Auf dem Nachhauseweg machte ich einen Zwischenstopp bei meinem Lieblingsneffen Benjamin. Benjamin ist ein reizender kleiner Mäusejunge mit winzigen SegelOhren. Kaum hatte er mich erblickt, rief er schon: «Onkel Geronimo, lies mir eine Geschichte vor!» Und so VERSANK ich in dem großen Polstersessel, der im Wohnzimmer stand.

Benjamin liebt Geschichten. Als er noch jünger war, schlief er allerdings immer schon ein, bevor ich eine

Geschichte zu Ende vorgelesen hatte. Darum widmete ich ihm mein allererstes Buch, das ein großer Erfolg wurde.

Für Benjamin!, schrieb ich. *Damit du herausfinden kannst, wie die Geschichte endet.*

Mittlerweile war er schon fast neun Jahre alt! Seltsam, dachte ich, hatte er nicht erst neulich noch als kleines Baby seine Käsesoße aus dem Fläschchen genuckelt …?

«Du willst verreisen?», fragte Benjamin, als er von meinen Plänen hörte. «Oh, bitte, bitte, bitte nimm mich mit, Onkel Geronimo! Ich könnte dein Assistent sein. Ich könnte dir deine Notizbücher tragen. Oder deine Bleistifte mit meinem Katzenzahn-Bleistiftspitzer anspitzen!», bettelte er.

«Tut mir leid, Benjamin», sagte ich und

kraulte sein Fell. «Vielleicht das nächste Mal, wenn du etwas älter bist.»
Dann legte ich meine rechte Pfote auf mein *Herz* und strich mit der linken über meine Barthaare. Auf diese Weise zeigen Mäuse, die sich besonders gernhaben, dass ihre *Herzen immer miteinander verbunden sind.*

HABEN WIR ALLES?

Fünfzehn Pfund extraschimmeliger Schimmelkäse

Achtzig Kisten Parmesan

Zehn Räder Gouda

Neun Säcke ungesalzene Käsestangen

Am nächsten Morgen stand ich an Deck der *Glücksfee* und überprüfte unsere Proviantliste. Doch statt Ordnung herrschte nur Chaos.

«Farfalle, füll bitte die Wassertanks auf», bat ich meinen Cousin. «Nein, halt, was tust du denn da? Mausgütiger Mozzarella, das ist der Benzintank! Da kommt doch kein Wasser rein!»

Dann wandte ich mich meiner Schwester zu. «Thea, *lauf* bitte zum Bootsausstatter und hol den Kompass ab, den ich bestellt habe. Frag nach dem Eigentümer, Timo Tilsiter, auch *der Feger* genannt. Das ist ein Freund von mir – der gibt dir bestimmt einen Preisnachlass. Du wirst ihn sofort an seinem buschigen Schwanz erkennen, mit dem er über den Boden fegt.»

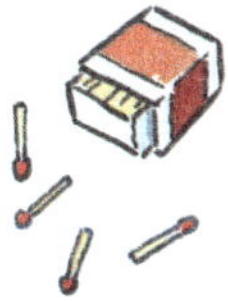

In diesem Moment bemerkte ich, dass Farfalle mit einer jungen Ratte auf dem Nachbarschiff sprach.

«So ist es, mein junger Rattenfreund», flüsterte er. «Erzähle es niemandem … Wir suchen etwas, aber ich darf dir nicht sagen, was … Es beginnt mit einem **S** und endet mit einem **Z** … Genau, auf einer Ins…»

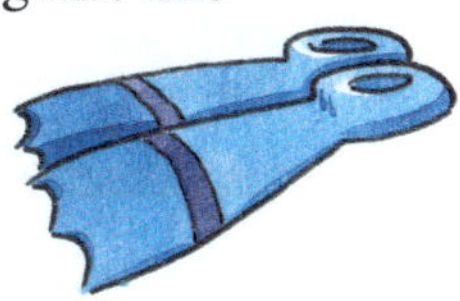

Ich zerrte Farfalle am Schwanz weg und ZISCHTE: «Willst du etwa unseren geheimen Schatz verraten?»
Farfalle lächelte mich unschuldig an. «Habe ICH etwas von einem Schatz gesagt? Es gibt so viele Wörter, die mit **S** beginnen und mit **Z** aufhören, weißt du», grinste er. «Zum Beispiel Sitzplatz, Streusalz, Schweineschmalz ... Oder wie wär's mit Superschmatz?»
Ich knurrte wütend in mich hinein.
Gegen sechs Uhr abends hatten wir schließlich alles Nötige an Bord. Und so begab ich mich zu *Globotreter*, dem besten Geschäft für Abenteuerkleidung.
«Auf geht's», rief ich Globo, dem Besitzer, zu. «Ich möchte alles mitnehmen, was man für eine lange Seereise benötigt. Und ich hab's eilig, wenn Sie also etwas ...»
«Na, so eine Überraschung! Wenn das nicht

Geronimo Stilton, der Bestsellerautor, ist!», rief Globo. «Was für eine Ehre!»
Und dann begann er, **ab-so-lut al-les** aus den Fächern und Schubladen des Geschäfts hervorzukramen. Mir brummte der Kopf. Schließlich hatte er mir zehn Sets wasserfeste **UNTERWÄSCHE** angedreht; einen käsegelben Strohhut, der anfing zu pfeifen, wenn man zu lange in der Sonne blieb; und eine Rettungsinsel, die aussah wie eine Käseecke.
«Ich brauche auch noch einen Koffer», sagte ich zu Globo. «Oder besser noch: eine große Seekiste!»
«Da habe ich genau das Richtige für Sie, Herr Stilton!», antwortete er mit leuchtenden Augen. «Folgen Sie mir bitte.»

Er führte mich in den hinteren Teil des Ladens und schloss die Tür zu einem kleinen Raum auf. Dort zog er, schwungvoll wie der große Zauberkünstler David Coppermaus, ein Laken von einem großen Gegenstand.

Darunter kam ein Schrankkoffer zum Vorschein, so hoch wie eine Zirkusmaus auf Stelzen. Sein gelber Lederbezug leuchtete geheimnisvoll im Dunkeln. Er war so TIEF wie ein Milchtank und mindestens drei Mäuseschwänze breit.

«Ein einmaliges Exemplar», flüsterte Globo.

Ich nickte und öffnete vorsichtig den Deckel. Heiliger Käsekuchen! Dadrinnen hatte ja eine Sumomaus Platz!

Im Inneren des Schrankkoffers hingen schon mehrere käsegelbe Kleiderbügel bereit, und auch eine Hutablage gab es. In einer Schublade lagen ein glänzender

Katzenzahnkamm und ein Drahtbürstchen für widerspenstige Barthaare. Man konnte einen Schreibtisch ausklappen und Papier, Schreibsachen und Briefbeschwerer in besonderen Halterungen verstauen. Und es gab sogar ein ganz kleines Geheimfach!

«Den nehme ich!», rief ich **begeistert.**

«Ich wusste, er würde Ihnen zusagen, *Herr Stilton!* Das ist ein echtes Schnäppchen.» Globo strahlte über das ganze Gesicht, während er mit der Pfote über die Oberfläche strich. «Genau das Richtige für einen abenteuerlustigen Weltumsegler wie Sie. Ich wünschte, ich könnte Sie begleiten.»

Hmm. Geronimo Stilton – der furchtlose Weltumsegler,

dachte ich bei mir. Das klang gar nicht schlecht. Vielleicht würde mir diese Reise doch Spaß machen!

Aaah, der salzige Geruch der Algen!

DER ERSTE MORGEN AUF SEE

Aaah, die kühle Brise, die vom Meer herüberweht … Aaah, der salzige Geruch der Algen …

Ich fing langsam an, Gefallen an unserem Segeltörn zu finden. Er war so erholsam. Wie ein Nachmittag im Schaukelstuhl von Urgroßmutter Struppipelz. Fest hielt ich das Steuerrad der Glücksfee in meinen Pfoten und blickte über die Meereswellen.

Es war noch früh am Morgen. Blass wie eine Scheibe Schweizer Käse erhob sich die Sonne über den Horizont.

Wir hatten gerade erst den Hafen hinter uns gelassen, aber es kam mir vor, als wäre ich schon mein ganzes Leben lang gesegelt!

Ich trug eine leuchtend gelbe Windjacke und dazu passende gelbe Hosen sowie meinen neuen gelben Hut. Gelb ist meine Lieblingsfarbe! Immerhin ist das die Farbe von

KÄSE. Sie macht mich einfach glücklich!

Nur Benjamin vermisste ich sehr. Schon merkwürdig, dass einem eine so kleine Maus einen so großen Herzschmerz verursachen kann!

Nachdenklich blickte ich noch einmal zurück zum Hafen …

Farfalle riss mich aus meinen Tagträumen. Er kam mit einer Tüte Käsechips auf mich zu und kaute mit vollen Backen.

«Ahoi, Couschäng», quiekte er mit vollem Mund. «Willschu welsche?»

«Pass doch auf!»,

schimpfte ich. «Du krümelst auf das Deck!»

«Schei doch nich scho ’n SCHPIELVERDERBER», nuschelte er und legte eine fettige Pfote auf das Steuerrad.

Ich schloss die Augen und zählte bis zehn.

«Bring mir einfach die Karte», seufzte ich. «Ich muss prüfen, ob wir auf dem richtigen Kurs zur Schatzinsel sind.»

«**Hey, no problemo**, mein kleiner Cousemo!», quiekte Farfalle. Er nahm einen Rettungsring, schwenkte ihn hin und her und legte einen kleinen Tanz aufs Deck.

«PASS AUF!», SCHRIE ICH.

«Da liegt meine Lesebrille!»

Mir brach der **KALTE SCHWEISS** aus.

Ohne meine Lesebrille kann ich eine Wurst nicht von einem Käse unterscheiden! **Warum, warum, warum** hatten wir Farfalle bloß mitgenommen?

WER MÖCHTE FRISCHE MUSCHELN?

Der Abend kam, und die Sonne ruhte auf dem Ozean wie eine Kirsche auf einem Stück Käsekuchen. Als Sahnehäubchen schwebten im Himmel darüber weiße, flockige Wolken umher.
«Was für ein *köstlicher* Anblick!», seufzte ich entzückt.
Da durchschnitt ein Mäuseschrei die Abendstille.
«AAAIIIIII! Der verflixte Herd will mich

umbringen!» Das war eindeutig Farfalles Stimme.
Thea und ich eilten ihm zu Hilfe.
«Was ist passiert?» «Was ist los?», quiekten wir durcheinander.
Farfalle hüpfte auf einer Pfote herum.
«Dieser verflixte Herd springt auf und ab wie eine Teeniemaus auf einem POP-KONZERT!», jammerte er, während er seinen Zeh massierte. «Ich habe mir die Pfote an der Muschelsoße verbrannt!»
Er ließ sich auf ein Sofa fallen, um seinen Zeh zu untersuchen.
«Vielleicht könnt ihr beide wenigstens den Tisch decken», fuhr Farfalle fort. «Während ihr an Deck die FRISCHE Luft genießt, koche ich hier unten um mein Leben!»
Er schloss die Augen und gähnte.
«Muss ich denn eigentlich alles allein machen?»

Die Muschelsoße schien mir etwas seltsam zu riechen, aber Thea rührte sie ohne weiteres unter die Spaghetti.

«Jetzt weiß ich, warum sie im Mittelalter siedendes Öl von den BURGMAUERN auf den Feind gegossen haben», wimmerte mein Cousin. Liebevoll strich er sich über die verbrannte Pfote.

«Farfalle, ich wusste ja gar nicht, dass du dich so gut in Geschichte auskennst!», bemerkte ich, während ich meinen Teller füllte.

Mein Cousin grinste. «Was denn für eine Geschichte? Das kam in einem Zeichentrickfilm vor. Im FERNSEHEN lernt man einfach alles, weißt du», meinte er.

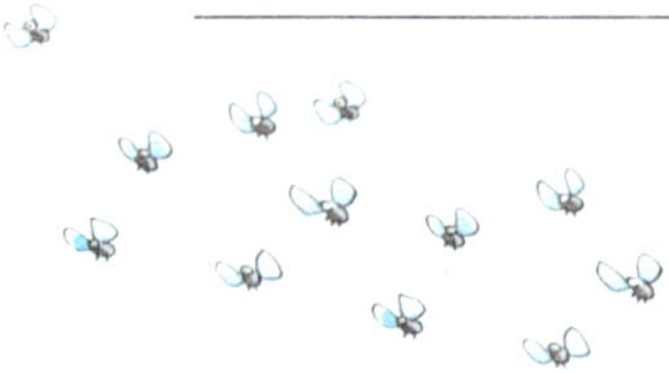

«Ja, sicher …», antwortete ich zerstreut, denn dieser Soßengeruch war wirklich sehr seltsam. «Bist du ganz sicher, dass die Muscheln FRISCH sind?»
«Was soll das heißen, FRISCH? Natürlich sind sie FRISCH!», beteuerte Farfalle. «Ehrenwort.»
«Ich meine ja nur, sie riechen wie ein STINKTIER, das ein BILLIGES PARFUM aufgelegt hat», hakte ich nach.
Mein Cousin sprang vom Sofa. «Nennst du mich etwa einen Lügner?», rief er. «Ich sag dir, die sind so FRISCH, FRISCHER geht's nicht! Wenn du mir nicht glaubst, bitte schön. Trample ruhig auf meinen Gefühlen herum!»

Thea nahm sich ein Stück Brot

und verschwand in Richtung Treppe. «Ich bin mit der Wache dran!», flötete sie und machte sich aus dem Staub. Ich zögerte einen Moment. Dann begann ich langsam zu essen.
«Ich glaub, mir ist der Appetit auf Muscheln vergangen», meinte Farfalle und kaute an einem Käsebrot herum.
In der folgenden Nacht wachte ich plötzlich mit furchtbaren Bauchschmerzen auf.
Ich stürzte ins Badezimmer, stolperte über die Bademattte, stieß mit der Schnauze an den Medizinschrank und sackte auf der Toilette zusammen.
Da kam mir ein schrecklicher Gedanke:

Hatten mich die Muscheln etwa krank gemacht?

In diesem Moment ging die Badezimmertür auf. Verschlafen blinzelte Farfalle mich an – und hielt sich sofort mit beiden Pfoten die Nase zu. «Was treibst du denn da? Bastelst du 'ne STINKBOMBE?», hustete er. Der LÄRM hatte auch Thea geweckt. Sie begriff die Situation sofort.

«Raus mit der Wahrheit, Farfalle», verlangte sie. «Wo hast du diese Muscheln gekauft?»

Mein Cousin schwieg und starrte auf den Teppich.

«Also … na ja … ich hab sie in der Fischabteilung gekauft … in der TIEFKÜHL-Ecke!», gestand er schuldbewusst.

«TIEFKÜHL?!», quiekte ich. «Aber du hast doch gesagt, es wären frische Muscheln!»

Farfalle betrachtete seine Pfoten. «Schon, ja, klar waren die frisch … irgendwann mal. Die TIEFKÜHL-Muscheln waren, na ja, ein SONDERANGEBOT. Die Maus, die sie mir letzten Monat verkauft hat, hat gesagt, ich soll sie gleich essen, sonst würden sie schlecht … Aber das hab ich natürlich nicht ernst genommen. Du weißt doch, diese Verkaufsmäuse übertreiben immer schrecklich», nuschelte er.

Grrrrr
«*Grrrrr!* Verkaufsmäuse – von wegen!», kochte ich. «Ist dir klar, dass du mich beinahe vergiftet hast?! Du solltest dich als Koch in einem KatzenRestaurant anstellen lassen!»

Ich wollte mich auf ihn stürzen, aber ich rutschte auf einer Rolle Toilettenpapier aus. **Warum, warum, warum** hatten wir - Farfalle bloß mitgenommen?

Warum ?

EIN BLINDER PASSAGIER

Am Morgen des achten Tages auf SEE hatten wir etwa den halben Weg zur Schatzinsel zurückgelegt. Meine Nachtwache ging zu Ende, und ich begab mich in den Lagerraum, wo wir all unsere Vorräte verstaut hatten. Doch warum lagen dort Brotkrumen auf den Planken? *Seltsam, sehr seltsam,* dachte ich. Die Spur der Brotkrumen führte zu einem Fass voller Äpfel. Ich hob den

Deckel an. Oben auf den Äpfeln

lagen fünf abgenagte Kerngehäuse! Hatten wir einen blinden Passagier an Bord? Ich beschloss, den anderen nichts zu sagen. Falls ich mich irrte, würden sie mich den Rest der Reise damit aufziehen!

In der folgenden NACHT, als alle schliefen, streute ich etwas Mehl vor die Tür des Lagers. Außerdem band ich einen dünnen Faden an den Türknauf.

Früh am nächsten Morgen überprüfte ich alles. Das hatte ich mir doch gedacht! Der Faden war zerrissen! Und es sah ganz so aus, als hätte jemand seine PFOTE ins Butterfass gesteckt!

Dann bemerkte ich die Pfotenabdrücke im Mehl. Merkwürdig! Sie waren sehr, sehr klein. Waren das vielleicht die Abdrücke einer Zwergmaus?
Ich musste etwas unternehmen, bevor uns der kleine Dieb noch die Haare vom Pelz fraß. In der folgenden Nacht legte ich mir meinen Baseballschläger ins Bett. Den hatte mir mein alter Freund Jones, die Schlagratte, geschenkt, ein Profispieler der Baseball-Liga.
Gegen ein Uhr morgens hörte ich knarrende Geräusche aus dem Lagerraum.

Schnell setzte ich meine Brille auf, packte meine Signallampe mit der rechten Pfote und den Baseballschläger mit der linken und schlich los. Als ich unten ankam, öffnete der kleine Dieb gerade den Kühlschrank. Ich schlich mich an ihn heran und schaltete das Licht ein.
«AHA!», rief ich und wollte schon zuschlagen. Doch dann blieb ich wie angewurzelt stehen. Da stand mein Neffe Benjamin und verspeiste

fröhlich einen Käseauflauf!
«Hallo, Onkel!», piepste er. Er umarmte mich und gab mir einen dicken **Kuss** auf

die Schnauze. «Freust du dich nicht, mich zu sehen?»

ABER WARUM …

ABER WIE …

ABER WANN …

ICH MEINE,

WAS MACHST DU DENN HIER?,

stotterte ich.

«Ich verspreche dir, mich sehr nützlich zu machen!», rief Benjamin. «Ich putze das Deck, ich bürste deine KLEIDER, ich räume alles auf, ich bin super im Aufräumen, weißt du? Und du kannst mir alle Abenteuer diktieren, damit später ein tolles Buch daraus wird!»

Was sollte ich dazu sagen? Ich nahm ihn einfach in die Arme und drückte ihn fest.

«Ich habe dich sehr lieb, Benjamin», sagte ich. «Und ich freue mich, dass du da bist!»

MAUS ÜBER BORD!

Es war elf Uhr nachts. Ich stand am Steuer und hielt Wache.

«Geht's dir gut, Geronimeister?», fragte Thea.

«Mir ginge es noch besser, wenn du mich nicht **Geronimeister** nennen würdest!», gab ich zurück.

Es wurde kühler. WÜRDE DAS WETTER ETWA UMSCHLAGEN?

Prüfend hob ich meine Schnauze in den Nachthimmel. Genau in diesem Augenblick neigte sich das Schiff zur Seite, ein Mastbaum schlug mir gegen die Schulter, und ich wurde ins Meer geschleudert.

Ich hatte noch nicht einmal Zeit, um Hilfe zu quieken.

Das Schiff segelte weiter, und ich trieb hilflos in den WELLEN. Glücklicherweise hatte Thea alles mitbekommen. «Maus über - Boooord!!», schrie sie. Sofort gingen auf dem Schiff alle Lichter an, und die *Glücksfee* drehte um. Ein Suchscheinwerfer wurde eingeschaltet. Der Lichtkegel tanzte auf dem Meer herum und suchte nach mir.

«**Hilfe!** Hier bin ich!», schrie ich und winkte mit den Pfoten. Die Wellen warfen mich hin und *her* wie einen Flummiball. Das eiskalte Wasser drang durch meinen Pelz. Meine Zähne begannen so heftig zu klappern, dass ich glaubte, sie würden mir gleich aus dem Maul springen.

«Da ist er!», hörte ich jemanden rufen.

Sie hatten mich entdeckt!

Benjamin warf mir eine Leine zu, aber ich konnte sie nicht erreichen. Dann fühlte ich, wie mich eine starke Pfote an den Ohren packte. Es war Farfalle!

«Komm schon, Cousin! Halt dich an meinem Schwanz fest!», brüllte er.

Er zog mich durch das Wasser zur *Glücksfee*, wo Thea und Ben eine Strickleiter herabließen.

Platsch!

An Bord spuckte ich eine Wasserfontäne aus und öffnete die Augen. Farfalle **hüpfte** auf meinem Bauch herum.

«ER LEBT … ER LEBT!», rief mein Cousin.
Meine Ohren waren bereits blau gefroren. Thea kniete neben mir und hielt meine Pfote. In ihren Augen glänzten Tränen.
«Onkel Farfalle, du bist ein echter Held!», rief Benjamin.
«Wirklich, Farfalle, ich weiß gar nicht, wie wir dir danken sollen!», fügte Thea erleichtert hinzu.
Farfalle wurde rot. «Ach, das ist doch gar nichts, ihr Lieben. Das kommt doch jeden Tag vor. Nicht der Rede wert.» Er zuckte mit den Schultern und wanderte pfeifend das Deck entlang.

Was für ein Mäuserich! Nach außen spielte Farfalle den harten Kerl, aber im Herzen war er weich wie Mascarpone.

EIN ECHTER SEEMANN WEISS SICH IMMER ZU HELFEN

Am Morgen des fünfzehnten Tages wurde ich unsanft geweckt.
«Du musst an Deck kommen, Gerry!», brüllte Thea mir ins Ohr. «Da oben bricht gleich ein Sturm los!»
Im **Halbschlaf** streifte ich mir einen Mantel über und folgte Thea auf die Brücke. Im Osten hing der Himmel bereits voller schwarzer Wolken.
«Wir holen besser die Segel ein, Thea. Oder, warte: Lass das kleinste Segel stehen. Dann kommt das **Schiff** besser gegen den Seegang an», überlegte ich. Vielleicht war diese Segelei doch nicht so einfach.

«Ich hole Farfalle», beschloss ich schließlich. «Immerhin war er mal Kapitän und wird schon wissen, was zu tun ist.»
Ich stieg hinab, um meinen Cousin zu suchen. Das Schiff wurde bereits von den aufgewühlten Wellen hin und her geworfen. Und sie wurden immer **größer**.
Ich öffnete die Tür zu Farfalles Kabine. Mein Cousin lag in seiner Koje und hatte sich unter der Decke versteckt.
«Farfalle, die **Glücksfee** wird gleich absaufen! Wir haben keine Ahnung, was wir tun sollen!», rief ich und schüttelte ihn.
«Ich … ich … weiß es auch nicht!», murmelte er und verdrehte die Augen.
«Aberaberaber», stotterte ich und warf verzweifelt meinen Hut auf seine Bettdecke, «ich dachte, du kennst dich aus mit der Seefahrt! Du warst doch mal Kapitän auf einem Schiff!»

Statt zu antworten, schoss Farfalle kerzengerade in die Höhe und übergab sich in meinen Hut.

«**Heiliger Käsekuchen!**», schrie ich und sprang entsetzt zurück. Dabei rammte ich den Schrank. Ein Buch fiel heraus. Ich starrte auf den Titel:

Segeln lernen
in 800
leichten Lektionen.

Eine furchtbare Ahnung stieg in mir auf. Ich fühlte mich wie eine Maus in der Falle. In der Farfalle-Falle. Ich packte das Buch. Ein Lesezeichen markierte die Seite 11.

Lektion drei: Segel gibt es in vielen verschiedenen Farben. Such dir eine aus, die dich glücklich macht.

«GLÜCKLICH!» Ich schluckte. «Du kannst dich glücklich schätzen, wenn du noch geschmolzenen Käse schlürfen kannst, nachdem ich mit dir fertig bin!», brüllte ich meinen Cousin an. Doch der war schon wieder unter der Bettdecke verschwunden. «Um dich kümmere ich mich später», drohte ich und lief nach draußen.

Wellen, so hoch wie der Mount Everest, rollten über das Deck. Jedes Mal, wenn die Spitze des Schiffs auf eine Welle traf, wurde die *Glücksfee* unter Wasser gedrückt. Die nächste Welle schleuderte das Schiff in die Höhe, um es dann umso tiefer hinabstürzen zu lassen. Farfalle war nicht der einzige Seekranke an Bord. Ich taumelte zu meiner Schwester

hinüber und überbrachte ihr die schlechte Nachricht: «WIR MÜSSEN ES ALLEIN SCHAFFEN!», schrie ich durch den Sturm. Einen Augenblick lang wirkte sie, als hätte sie eine Katze gesehen. Doch schnell hatte sie sich wieder im Griff.
«WER BRAUCHT DENN SEINE HILFE?», quiekte sie und warf sich ihren Schwanz über die Schulter.
Meine Schwester! Was für eine Supermaus!
Der Wind wurde immer stärker. Sein schrilles Pfeifen übertönte sogar das Krachen der Schiffsplanken.

MAUSGÜTIGER MOZZARELLA! DAS IST KEIN STURM! DAS IST EIN HURRIKAN!,

dachte ich und riss mir nervös an den Ohren. Was für ein Pech, gerade jetzt in einen Wirbelsturm zu geraten. In zwei, drei Tagen wären wir sicher auf der Schatzinsel gelandet.

Jedes Mal, wenn das Schiff schlingerte, konnte ich meinen Cousin in seiner Koje wimmern hören. Geschieht ihm ganz recht, dachte ich. Warum hatte er behauptet, er sei Kapitän auf einem Schiff gewesen!
Die Nacht kam und machte alles noch viel schlimmer. Im Dunkeln konnten wir nicht mehr erkennen, aus welcher Richtung die Wellen kamen. Die Glücksfee stampfte auf und ab, und wir wurden bis auf die Haut durchnässt. Als der Morgen graute, passierte die Katastrophe: Eine mächtige Windböe zerbrach unseren Mast.
Die Glücksfee NEIGTE SICH ZUR SEITE, DAS MEER STRÖMTE DURCH ALLE LUKEN HINEIN. WIR BEGANNEN ZU SINKEN!

DER WUNDERBARE SCHRANKKOFFER

Und so trieb ich wieder durch die EISKALTE See. Mühsam hielt ich mich über Wasser, während ich immer wieder Salzwasser spuckte. Haushohe Wellen warfen mich hierhin und dorthin.
Ich fühlte mich wie im Spülgang einer RIESIGEN WASCHMASCHINE.
Plötzlich erblickte ich ein kleines graues, pelziges Etwas, das im Wasser trieb.
«Benjamin!!!», schrie ich. Dann konnte ich seinen Schwanz packen.
Wie durch Zauberei legte sich im gleichen Moment der Wind. Ich blickte mich um, doch die Glücksfee war spurlos verschwunden. Wir brauchten dringend etwas,

woran wir uns festhalten konnten. Und schließlich sah ich es.
Dadrüben dümpelte mein **Koffer**! Ich schwamm hin und wuchtete Benjamin und mich selbst mit all meiner Mäusekraft hinauf.
Gerettet! Wir waren gerettet!
Während Benjamin vor Erschöpfung einschlief, suchte ich den Horizont nach Thea und Farfalle ab. Doch ich konnte keinen Schwanz entdecken. Der Nachmittag kam, und ich verlor langsam die Hoffnung. Doch

dann sah ich in weiter Ferne zwei winzig kleine Punkte.

«Thea! Farfalle!», **brüllte** ich aus Leibeskräften. Tatsächlich, da schwammen meine Schwester und mein Cousin. Mit fliegenden Pfoten ruderte ich mit dem Schrankkoffer auf sie zu.

Schließlich konnte ich sie an Bord ziehen.

«Ich dachte schon, alles ist aus, Cousin!», keuchte Farfalle, als er sich auf den **Koffer** fallen ließ.

Thea ringelte ihren Schwanz um meinen.

«Mein großer Bruder, ich bin so froh, dass es dir gut- geht!», seufzte sie. Ich umarmte sie fest. Tränen strömten über ihr nasses Gesicht. Auch Farfalle weinte – allerdings aus Verzweiflung. «Das SMARAGD-AUGE», schluchzte er. «Ohne die Karte werden wir es niemals finden!»

Ich warf Thea einen Blick zu. Aus irgendeinem Grund grinste sie. «Hat jemand Karte gesagt?» Sie fuhr mit einer Pfote unter ihren Sweater und brachte die zerknitterte Karte zum Vorschein!

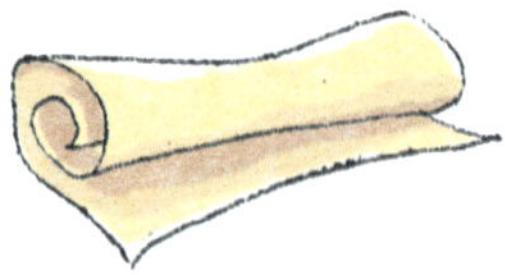

«**Bei allen Käsekrümeln!**», rief Farfalle und warf begeistert die Pfoten in die Luft, als hätte er gerade beim Käsekästchen-Turnier gewonnen.

Da schlug Benjamin die Augen auf.

«Wie geht's dir, mein **kleines Mäuschen**?», fragte ich ihn.

«Onkel! Bist du das, Onkel Geronimo?», murmelte er.

«Ja, mein lieber **kleiner** Benjamin, ich bin es», flüsterte ich zärtlich. «Jetzt wird alles wieder gut.»

NOT MACHT ERFINDERISCH

Thea versuchte, unsere Position zu orten. «Nach meinen Berechnungen sollten wir uns ganz **in der Nähe** der Schatzinsel befinden», erklärte sie. Dann entdeckte sie plötzlich einen schwarz-weißen Punkt am Himmel. «Ein Pelikan! Das bedeutet, dass Land in der Nähe sein muss!»

In diesem Moment kreischte Farfalle laut auf. Ich schoss in die Höhe.

«Was ist denn los? Warum musst du immer so rumschreien?», beschwerte ich mich.

«Ich hab eine Idee!», kreischte er mir ins Ohr. Dann packte er den Griff des **Koffers**, um den Deckel anzuheben.

«Was machst du da? Willst du uns alle ins Wasser werfen?», protestierte ich.
Farfalle ruderte mit den Armen durch die Luft.
«Und warum wedelst du jetzt mit den Armen?», brüllte ich ihn an. «Willst du uns etwa erzählen, du könntest fliegen?»
Farfalles Rudern bekam die Form eines Dreiecks. «**Morgenmantel … Gürtel …!**», keuchte er.
Schließlich gelang es ihm, meinen seidenen Morgenmantel aus dem Koffer zu ziehen. Und dann riss er ihn in zwei Teile!
«**Ich bin echt ein Genie!** Ich bin so intelligent, dass es mir manchmal schon Angst macht!», kicherte mein Cousin. «Wir nehmen diesen Fetzen einfach als Segel!»

«Fetzen? Was heißt hier Fetzen?», schrie ich. «Das war mein Morgenmantel mit Silberknöpfen. Der hat mich ein Vermögen gekostet! Meine Initialen sind eingestickt, in Gold!»

«Du bist doch ein Egoist», seufzte Farfalle. «Wir reden hier von einem Schatz, und du denkst nur an deine Klamotten. **Geronimaus**, du verblüffst mich!»

Ich biss die Zähne zusammen. «Nenn mich nicht **Geronimaus**! Mein Name ist Geronimo! Ge-ro-ni-mo, verstanden?»

Doch es half alles nichts. Wir hissten Farfalles Segel und segelten los.

«Meine Zunge fühlt sich an, als läge sie im Sandkasten», murmelte Farfalle nach einer Weile. «Was gäbe ich für einen Eisbecher.

Erinnert ihr euch noch an die Eisdiele *Rattengletscher*? Da war es immer so schön **KÜHL**, sogar mitten im August, weil die Klimaanlage immer volle Pulle lief. Wenn man auf sein Käsesorbet wartete, fror man sich das Fell ab.» Schweißtropfen perlten von meiner Schnauze. Warum musste Farfalle ausgerechnet jetzt von Eis reden? Langsam bekam ich Halluzinationen: Ich sah Käsewaffeln voller Eiskugeln auf dem Wasser treiben.

Am nächsten Morgen wurden wir von einem **Donner** geweckt. Ich leckte mir die Schnauze und schmeckte Regentropfen. Wasser! Wasser! Und schon rauschte der Regen wie aus einem Brausekopf auf uns herunter. Ich streckte die Zunge heraus und sog die Regentropfen ein. Es war himmlisch! Thea und Farfalle tanzten vor Freude wie verrückt herum. Dann hörte der Regen genauso plötzlich wieder auf, wie er begonnen hatte. Wir umarmten uns, kreuzten unsere Schwänze und sangen:

«Einer für alle! Alle für einen!»

LAAAAAAND IN SIIIIIIIIIICHT!

Als die Sonne über dem achten Tag unseres Segelabenteuers aufging und wir schon wieder kurz vor dem Verdursten waren, hörte ich endlich jemanden rufen:

«Laaaaand in Siiiiiiiicht!»

Ich starrte auf die Insel, die sich aus den Wellen erhob. Sie kam näher und näher. Das Meer unter uns sah aus wie ein *grüner Teppich.*

Wir wateten durch das flache Wasser an den herrlich weißen Sandstrand. Mein Cousin Farfalle erreichte die Insel als Erster. Als er das Ufer betrat, ließ er sich auf den Bauch fallen und küsste den Strand. Dann

Farfalle erreichte die Insel als Erster.

wandte er sich mit sandiger Schnauze zu uns um.
«Freunde», sagte er, «hier kriegt mich keiner mehr weg!

Seemaus-Sein ist nichts für mich!
Von heute an bleibe ich eine Landmaus!»

GRÜN, GRÜN, GRÜN

Grüne Büsche, grünes Gras, grüne Bäume. Dieses Fleckchen Erde sah so aus, als hätte es Mutter Natur mit einem Zauberpinsel in tausend verschiedene Grüntöne getaucht. Allein die saftige Farbe ließ uns unseren Durst noch stärker spüren.
Wir zogen den Koffer an Land und begannen mit der Erforschung der Insel. Es war schwierig, sich einen Weg durch das Dickicht und das Unterholz zu bahnen. Wir rutschten über riesige Felsen, die mit glitschigem Moos bedeckt waren. Dann folgten wir einer Reihe grüner Palmen.
Nachdem wir etwa zehn Minuten unterwegs gewesen waren, erreichten wir eine Lichtung. Hier standen Obstbäume dicht

an dicht. **Bananen**, **Mangos** und **Papayas** hingen über unseren Köpfen. Es kam mir fast so vor, als würde ich durch einen Supermarkt spazieren. Endlich konnten wir unseren Hunger stillen! Ich pflückte ein paar Früchte für mich und die anderen, und Benjamin quietschte vor Vergnügen, als er seine Zähne in eine große Papaya schlug.

«Gerry bringt uns das Mittagessen!», rief Thea.

«Wurde auch langsam Zeit, Geronimaus. Ich bin am Verhungern!», quäkte Farfalle.

«Gerry? Geronimaus? Wie oft muss ich es euch noch sagen?! Ein für alle Mal: Mein Name ist …

GE-RO-NI-MO!»

Warum, warum, warum muss ich es immer wiederholen?

STILLGESTANDEN!

Mitten auf der Lichtung stand ein riesiger **Baum**. Er war so hoch, dass selbst die Wolken auswichen, um ihm Platz zu machen. Wir übernachteten in einer seiner Astgabeln. Dort lagen wir **Rücken an Rücken**, um uns gegenseitig zu stützen. Dennoch fand ich keinen Schlaf, so viel Angst hatte ich, vom Baum zu fallen.

Am nächsten Morgen hielten wir Kriegsrat, um zu entscheiden, wer auf der Insel das Kommando führen sollte.

«Wir stimmen offen ab!», sagte ich. «Hebt eure Pfoten.»

Farfalle stimmte natürlich für sich **selbst**. Thea stimmte für *mich*. Und Benjamin und ich gaben Thea unsere Stimme.

Meine Schwester räusperte sich. «Freunde, ihr werdet eure Wahl nicht bereuen», sagte sie und wischte sich eine winzige Träne aus dem Augenwinkel. Dann brüllte sie plötzlich: «Stillgestanden!» Wir sprangen auf. «Als Erstes weise ich euch eure Aufgaben zu. Am Mittag werdet ihr mir Bericht erstatten ... und zwar pünktlich! Wenn ich Mittag sage, meine ich Punkt 12 Uhr mittags! Nicht eine Minute früher, nicht eine Minute später!

IST DAS KLAR?
ICH HÖRE EUCH NICHT!!!!»

«Oh-oh! Die Wahl ist ihr ja ganz schön zu Kopf gestiegen! Ich wusste doch, warum ich für mich gestimmt habe», murmelte Farfalle in seine Barthaare.

Thea marschierte auf der Lichtung auf und ab. «Unter dem hohen Baum werden wir einen Unterschlupf bauen. Dafür brauchen wir ~~ein~~, nein, zwei Tage. Danach brechen wir auf, um das SMARAGD-AUGE zu finden!»

Farfalles Augen leuchteten auf.

«Der Schatz! Endlich mal was wirklich Wichtiges!», grinste er.

Thea hatte sich inzwischen ein Stück Papier gegriffen und war nun dabei, unsere Aufgaben niederzuschreiben. «Geronimo, du bist für den Proviant zuständig. Du sammelst Früchte, Beeren und Wurzeln. Du wirst auch im MEER nach Krabben fischen. Farfalle, du bist der Koch.»

«HERVORRAGENDE WAHL, BOSS! Warte nur ab, bis meine köstlichen Gerichte auf dem TISCH stehen!», versprach mein glücklicher Cousin.

«Benjamin, du hilfst mir, unseren Unterschlupf unter dem Baum zu bauen», fuhr Thea fort, ohne auf Farfalle zu achten. «Und jetzt Abmarsch!»

«Einer für alle! Alle für einen!»

AUS MEINEM TAGEBUCH

Liebes Tagebuch,

ich schreibe auf dieses Bananenblatt, weil wir kein Papier mehr haben. Zwei Tage haben wir gebraucht, um unsere Hütte unter dem großen Baum zu bauen.

Was für eine Arbeit! Wir haben uns alle mächtig ins Zeug gelegt, während uns Thea wie ein General Befehle zubrüllte. Ich habe den Eindruck, sie fühlt sich etwas zu wohl in ihrer Rolle als Anführerin – aber das sage ich dir nur unter vier Augen, liebes Tagebuch. Ich möchte schließlich nicht zum Putzen abkommandiert werden … Wir haben in unsere Hütte tatsächlich ein Badezimmer

ein-
gebaut.
Zuerst mussten
wir ein großes Holz-
rad konstruieren, das das
Wasser aus dem Meer hoch-
schaufelt. Und jetzt kämpfen Thea
und Farfalle natürlich jeden Tag
darum, wer als Erster ins
Badezimmer darf. Gerade höre
ich sie wieder schreien. Alles ist hier
ganz anders, aber diese beiden ändern sich nie!
Mach's gut, liebes Tagebuch, ich muss in die
Küche. Heute Abend bin ich dran mit Abwaschen.

Dein Geronimo

PS: Eins ist sicher: Ich bin nicht zum
Abenteurer geboren. Ach, wie gern
wäre ich wieder zu Hause!

KÄSESTÜCKE

In der folgenden Nacht blieb Thea lange wach. Ich fragte mich, was meine Schwester wohl diesmal ausbrütete.

Als wir anderen am nächsten Morgen unsere frischen Früchte vom Baum frühstückten, kam Thea außer Atem angelaufen.

«Hurra! Ich hab's geschafft!», rief sie und schwenkte die Karte.

Farfalle sprang auf. «Musst du am frühen Morgen schon so schreien?», schrie er. «Du weißt genau, dass ich nicht richtig wach bin, bevor ich meine Tasse gekochten Käse getrunken habe. Und den gibt es hier nicht! Also, was ist los?»

Thea sprang auf den Tisch und räusperte

sich. «Ich habe herausgefunden ...», begann sie. «Bitte einen Trommelwirbel!»

«Was??», rief Farfalle und packte ihren Schwanz. Was?? Was??

Thea schenkte ihm ein überlegenes Lächeln. «Zuerst habe ich mit einem Astrolabium unsere Position bestimmt. Dann habe ich das Ergebnis mittels Triangulation überprüft ... und den Logarithmus berechnet.»

«ASTROLAMPE? STRANGULATION? CONGA-RHYTHMUS?», schnaubte Farfalle. «Könntest du bitte **Deutsch** sprechen? Ich hasse es, wenn du so ***geschwollen*** daherredest!»

Meine Schwester deutete auf die Karte. «Zuerst müssen wir nach Norden gehen, zur *Mehrwasserbucht*. Dann umrunden wir den *Puddinghügel* und steuern auf den *Katzensprung* zu. Da treffen wir auf den *Salzlakritzenfluss*. Wir folgen seinem Lauf zum *Piratenhügel*. Und von da an ist es ein Kinderspiel, das SMARAGD-AUGE zu finden.»

Als sie das Wort SMARAGD aussprach, umarmte Farfalle sie.

«Oh, meine kleine Cousine, lass mich der Erste sein, der dir gratuliert.» Er strahlte. «Hat dir schon mal jemand gesagt, dass du ein wahres **GENIE** bist? Wo, sagtest du, liegt der Schatz genau?»

Thea schnaubte verächtlich. «Was ist los mit dir? Hast du Käsestücke auf den Augen? Schau dir doch die Karte an», quiekte sie und wedelte damit vor Farfalles Schnauze herum. «Siehst du das ✖, so groß wie der Mond über der Mäuse-Insel?»

Farfalle lächelte nur und streichelte Theas Pfote. «Meine liebe, süße, gute, schöne, bezaubernde kleine Cousine», antwortete er. «Ich schlage vor, wir brechen morgen früh auf. Nein, vielleicht besser schon heute Nacht. Oder noch besser:

SOFORT!»

«Moment mal, Moment!», mischte ich mich ein. «Zuerst müssen wir die Route bestimmen, die Wanderzeit berechnen und dann die einzelnen Etappen festlegen.»
Farfalle wurde immer unruhiger. «Zeiten? Etappen? Diese **SUPERMAUS** hier hat das alles doch schon berechnet. Wir brechen auf, und damit basta!», quiekte er. Dann steckten er und Thea die Köpfe zusammen und begannen, die Einzelheiten des Unternehmens zu diskutieren.
War das zu fassen? Es sah ganz danach aus, als ob ich von allem ausgeschlossen wäre!

Benjamin dagegen saß ruhig da und kaute verträumt an der letzten Papaya herum. «Ein Schatz», murmelte er, «ein richtiger, echter SCHATZ.»

EIN TOTENKOPF

Um sechs Uhr am nächsten Morgen wollten wir loswandern. Doch Farfalle war schon um vier Uhr früh auf den Beinen.
«Nager und Mäuse, es geht los!», rief er durch ein **MEGAPHON**, das er aus Bananenblättern gedreht hatte.
Thea warf ihm eine Kokosnuss an den Kopf. «Weißt du, wie viel Uhr es ist?», kreischte sie und jagte ihn in unserem **UNTERSCHLUPF** herum. «Gleich mache ich Ohrenschützer aus deinem **Pelz**!»
Farfalle kicherte. «Wenn ihr euch nicht beeilt, ziehe ich ohne euch los!», tönte er durch das Megaphon. «Ich bin **bereit**! Ich bin **superbereit**! Ich bin **supadupabereit**! Ich bin schon **UNTERWEGS**!»

Thea raufte sich verzweifelt die Barthaare. «Warum musstest du ihn unbedingt mitnehmen?!», fauchte sie mich an.

«Das war doch deine Idee», wollte ich schon erwidern, aber ich hielt mich gerade noch zurück. Denn in den Augen meiner Schwester funkelte pure MORDLUST. Und so zogen wir in aller Herrgottsfrühe los. Wir marschierten den ganzen Tag. Am Abend erreichten wir den *Puddinghügel*. Thea studierte die Karte. «An dieser Stelle befindet sich der erste TOTENKOPF. Dabei steht folgende Botschaft:

«Sieh den großen Felsen,
einem Käse gleich.
Hier darfst du nicht gehen,
werde ja nicht weich.»

Verblüfft sah ich mich um. «Die **Karte** meint sicherlich diesen Felsen hier», sagte ich und zeigte auf einen runden, käsegelben Felsblock. «Der sieht ja zum Reinbeißen aus!»

Ich machte ein paar Schritte auf ihn zu. «Aber sonst ist hier nichts zu sehen. Keine Gefahr. Hier liegt nur **Sand**. Sogar ziemlich **viel Sa…**» Ich beendete den Satz nicht, denn plötzlich sank ich ein. Hi! Hi!

«Huch!», kicherte ich. «Hihihi! Schaut mal, der Sand reicht mir über die Fersen … nein, jetzt geht er mir bis zu den Knien!» Hi

THEA RISS DIE AUGEN AUF. SIE LACHTE ÜBERHAUPT NICHT.

«Geronimo! Ich habe schlechte Nachrichten für dich!», rief sie.

«Hmm? Was denn?», fragte ich, während ich weiter diesen komischen Sand betrachtete.

«Geronimo», quiekte meine Schwester, «ich glaube, das ist *Treibsand!*»

Ich schluckte. «Bei allen Käsekrusten! Treibsand?!», quiekte ich. «**Hilfe!**»

Der Sand hatte bereits meinen Bauchnabel erreicht.

«Hör auf, mit den Armen zu rudern!», rief Thea und streckte mir ihre Pfoten entgegen. Doch ich ruderte weiter.

Hi! Hi! Hi! «Hiiiilfe!»,

brüllte ich, während der Sand mir bis zu den Ohren stieg.

Farfalle war inzwischen auf einen Baum geklettert und warf mir etwas Grünes zu. «Pack die Liane, Cousin, sonst hast du ausgequiekt!», schrie er.

ZWEI TOTENKÖPFE

So hatte Farfalle mir schon zum zweiten Mal das Leben gerettet.

«Warum habe ich mich bloß auf dieses Abenteuer eingelassen? Ich werde noch verrückt! Wenn ich nach Mausilia zurückkehre, ist mein **Fell** von all den Schrecken bestimmt ganz weiß geworden», murmelte ich.

«*Falls* wir jemals zurückkehren, wolltest du wohl sagen», fügte Farfalle mit grimmiger Miene hinzu. «Bald kommen wir nämlich zu den ZWEI TOTENKÖPFEN.»

Am nächsten Morgen überquerten wir den *Katzensprung* und marschierten am Ufer des *Salzlakritzenflusses* entlang. Schließlich kam der *Piratenhügel* in Sicht.

«Hier ist es», verkündete Thea. «Hier liegt der Punkt mit den ZWEI TOTENKÖPFEN.»

Mir lief es kalt den Rücken herunter. Was würde uns hier erwarten? Noch mehr Treibsand? Explodierende Felsen? Schleimige Schlingpflanzen? Ich sah mich um. Wir befanden uns auf einer Lichtung, in deren Mitte ein einzelner hoher Baum stand. An seinen Ästen hingen **große gelbe Früchte**, die wie Ananas aussahen. Thea las die Botschaft der ZWEI TOTENKÖPFE vor:

«Nimm dich vorm Dumbabaum in Acht,
wenn seine Früchte singen.
Hör zu, doch fasse sie nicht an,
sonst wird's dir Stiche bringen!»

Farfalle marschierte auf den Baum zu. «**Früchte, die stechen? Lächerlich!**

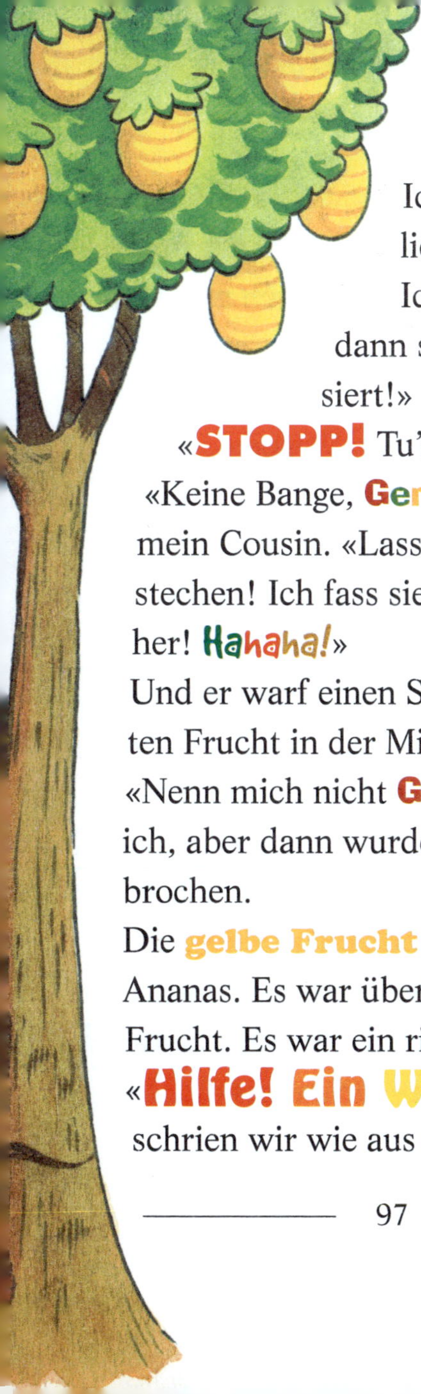

Ich hol mir eine, liebe Nagerfreunde! Ich werfe ’nen Stein, dann sehn wir, was passiert!»

«**STOPP!** Tu’s nicht!», rief ich.

«Keine Bange, **Gerrilein**», lachte mein Cousin. «Lass die Früchte doch stechen! Ich fass sie ja nicht an. Sieh her! **Hahaha!**»

Und er warf einen Stein nach der größten Frucht in der Mitte des Baumes.

«Nenn mich nicht **Gerril...**», begann ich, aber dann wurde ich abrupt unterbrochen.

Die **gelbe Frucht** war keine große Ananas. Es war überhaupt keine Frucht. Es war ein riesiges Wespennest!

«**Hilfe! Ein Wespennest!**», schrien wir wie aus einem Mund.

Wie auf ein Zeichen erhoben sich aus allen «Früchten» des Baumes Unmengen von Wespen.

«**SCHNELL!** *In den Fluss!*», schrie meine Schwester.

Wir rasten zum Fluss, verfolgt von den wütenden Wespen.

Kopfüber stürzten wir uns ins salzige Wasser. Die Strömung trug uns fort.

Als wir eine Strecke flussabwärts wieder ans Ufer krabbelten, waren die Wespen verschwunden.

Thea zog ihre Karte hervor.

«Mal sehen: Links haben wir den *Piratenhügel*, vor uns die *Perlenspitze*. Zwischen diesen **BEIDEN HÜGELN** müssen wir durch. Doch davor erwarten uns die DREI TOTENKÖPFE!»

DREI TOTENKÖPFE

Vor uns lag ein **schmaler**, gepflasterter Pfad. In jeden Pflasterstein war ein Buchstabe eingemeißelt. Thea las die Botschaft auf der Karte vor:

Flieh die Falle, die ich meine,
tritt nur auf die richt'gen Steine.
Nutze deinen kleinen Grips,
lös das Rätsel, find die Tipps:
Was ist köstlich jeden Tag?
Was ist löchrig, wenn man's mag?
Weiß oder gelb,
nicht Milch, nicht Quark –
sag das Wort, nach dem ich frag.

Wieder und wieder las ich das Rätsel. Mein Cousin trommelte

ungeduldig mit den PFOTEN. «Na, du **Zeitungsmaus**, Wörter sind doch dein Spezialgebiet. Was soll das nun bedeuten?», drängelte er und trommelte immer heftiger. «Also los, mach schon, worauf wartest du? Wir haben schließlich nicht den ganzen Tag ZEIT!»

Ich versuchte, nicht auf meinen Cousin zu achten, während ich mich auf das Rätsel konzentrierte. Die Lösung lag mir auf der Zunge. Was hatte Löcher? Was war weiß oder gelb und schmeckte köstlich? Plötzlich schlug ich die Pfoten zusammen. «Käse!», rief ich begeistert. «Man muss auf die Steine treten, die zusammen das Wort KAESE ergeben!»

Bevor wir ihn aufhalten konnten, sprang Farfalle auf den Stein, in den der Buchstabe K eingemeißelt war. Dann trat er auf das A, dann auf das E und dann auf das H.

Farfalle sprang auf den ersten Stein.

«**NEIN!**», schrien wir anderen wie aus einem Mund.

Rechtschreibung war noch nie Farfalles Stärke gewesen. Natürlich schreibt man **KAESE** nicht mit **H**!

In dem Moment, in dem Farfalle seinen Fuß auf das **H** setzte, **gab der Stein nach**, und Farfalle wurde vom Erdboden verschluckt.

Ich spähte in das Loch. Es war … **sehr, sehr tief!**

Ein fauliger Geruch stieg mir in die Nase. Und was war das da unten im Dunkeln? Ich strengte meine Augen an. **Heiliger Käsekuchen** – da lag ein Haufen bleicher

KNOCHEN.

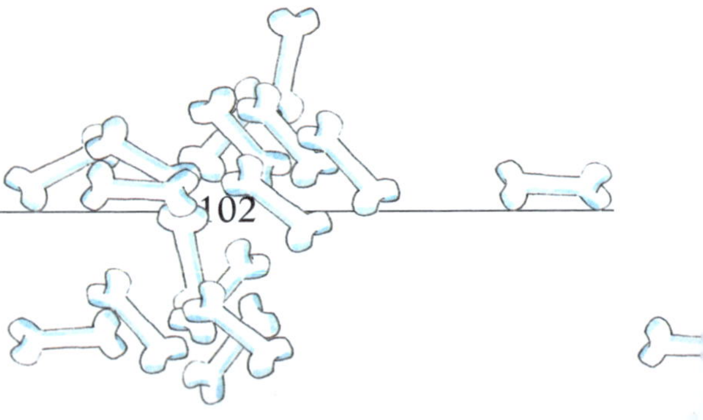

ARMER FARFALLE!

«Armer Onkel Farfalle!», schluchzte Benjamin.

Er war immer so nett!

«Armer Cousin! Wir werden noch nicht einmal sein Grab besuchen können», murmelte Thea und wischte sich eine Träne weg.

Armer Cousin!

«Er war immer so nett. Erinnerst du dich, wie er dir auf See das Leben gerettet hat, Onkel?» Benjamin weinte.

Selbst ich musste schlucken.

«Wie könnte ich das jemals vergessen? Farfalle hat mir nicht nur einmal das Leben gerettet, sondern zweimal. Zuerst auf See

und dann im Treibsand. Er war so tapfer!»
Thea ergänzte milde: «Ehrlich gesagt, manchmal ging er mir ein kleines bisschen **auf den Keks**.»
«Ja, der arme Onkel Farfalle konnte **echt nervig** sein», gab Benjamin zu.
«Eigentlich war er **unausstehlich!**», schloss ich mich an.
«Auf den Keks? Nervig? Unausstehlich?», tönte eine Stimme aus dem Loch.
Erschrocken starrten wir noch einmal in die Tiefe. Da baumelte Farfalle auf halber Höhe an seinen Hosenträgern von einer Baumwurzel.
«Halt durch, Farfalle! **Wir retten dich!**», rief ich.
Und schnell holten wir ihn aus dem Loch. Farfalle sah etwas **bleich** aus. Doch er tat so übermütig wie immer.

«Ich habe genau gehört, was für Fiese Sachen ihr über mich gesagt habt», verkündete er. Dann musste er grinsen. «Aber ihr habt auch ein paar nette Sachen gesagt. Du vor allem, Geronimus. Dafür, Geronimüsschen, kriegst du ein Küsschen. Hihihi, das reimt sich!», kicherte er.

Ich stöhnte leise.

Warum, warum, warum hatten wir ihn nur aus dem Loch geholt?!

GOLDDUBLONEN?

Und so wanderten wir weiter auf das ✖ zu. Laut Theas Karte hatten wir das SMARAGD-AUGE fast erreicht. Aus lauter Vorfreude hüpfte Farfalle fast den ganzen Weg.

«He, Cousineken, glaubst du, wir finden da noch andere Sachen außer dem **SMARAGD-AUGE**? Du verstehst doch was von Geschichte und so. Könnte es da nicht auch Juwelen geben oder einen Haufen GOLD?»

«Tja, vielleicht finden wir ein paar GOLDDUBLONEN», antwortete ich. «Mit einem Bild des Katzenfürsten Mio Eisentatze darauf, auch bekannt als Mio der Mäusefresser.»

Farfalle vollführte einen kleinen Tanz.
«**Dublonen! Dublonen! GoldDublonen!**
Ich liebe den Klang dieses Zauberwortes!»
Inzwischen hatte Thea einen Blick auf die Karte geworfen. Nun deutete sie geradeaus. «Da muss es sein!», verkündete sie. «Das SMARAGD-AUGE sollte genau vor uns liegen!»

Farfalle stürzte los. Dann bremste er scharf und blickte verwirrt um sich.
«Ich *seh* hier keinen **SMARAGD**. Ich seh hier nur Wasser!», quiekte er.
Wenigstens diesmal sagte mein Cousin die Wahrheit. Genau an dem Punkt, wo wir den Schatz hätten finden sollen, lag ein großer grüner See!
«**ASTROLAMPE! STRANGULATION! CONGA-RHYTHMUS!**», schnaubte Farfalle wütend.

«Aber genau hier ist das X auf meiner Karte», murmelte Thea ungläubig.
«Wenn das der richtige Ort ist, dann ist das hier die falsche Insel! Und das ist alles nur deine Schuld!», schrie Farfalle und stürzte sich auf Thea.
Ich seufzte und steckte den Kopf zwischen die Pfoten. Enttäuscht setzte sich Benjamin neben mich.

Da hörte ich Blätter rascheln. Das Geräusch kam aus dem nahen Wald.
«PSSST! Seid mal alle still!», ZISCHTE ich. «Dahinten bewegt sich etwas!»
Wir lauschten aufmerksam.
«Irgendetwas ... oder irgendjemand!», flüsterte Farfalle mit zitternder Stimme. Er musterte uns. «Lass mal sehen. Wer von uns kann das aufklären? Benjamin ist zu jung. Thea kann das nicht übernehmen, das ist zu gefährlich für eine Frau. Und ich muss

die beiden beschützen. Da bleibst nur du übrig, GERONIMO. Also, mach schon!», schloss er und schob mich auf die Büsche zu, aus denen die Geräusche drangen.
Da kam Leben in Thea. «Zu gefährlich für eine FRAU, sagst du?!», rief sie. Beleidigt packte sie ihr Messer mit beiden Pfoten und rannte auf die Büsche zu.

«KOMM RAUS, WENN DU DICH TRAUST!»,

brüllte sie und hieb in die Blätter.
Ich kaute nervös auf meinen Barthaaren herum. In meiner Phantasie sah ich ein paar Wildkatzen oder sogar Löwen auf der anderen Seite des Busches lauern. Wie würde das bloß enden? Würde aus uns allen ein Frühstück für mäusefressende MONSTER werden? War das ganze SEGELN und SCHWIMMEN und WANDERN und SCHWITZEN umsonst gewesen? Das

war mehr, als ich ertragen konnte. Ich schloss die **Augen**.
Als ich sie vorsichtig wieder öffnete, bot sich mir ein seltsamer Anblick. Vor uns stand eine Gruppe Tiere. Nein, keine fauchenden *Wildkatzen*. Kein Rudel brüllender *Löwen*. Es war nur eine Gruppe Mäuse in **Badeanzügen**. Einige von ihnen trugen Fotoapparate oder Filmkameras.
Ein Mäuserich trat auf uns zu. «Hallo! Seid ihr auch Gäste im Dorf?», fragte er.

«Dorf? Was denn für ein Dorf?»,

riefen wir im Chor.
«Das **Feriendorf TropenInsel** natürlich», antwortete der Mäuserich und sah uns verwundert an.

SCHNIPP! SCHNAPP!

War das alles ein Traum? Ich kniff mich in den Arm. Doch die Mäuse in den Badeanzügen waren immer noch da.
Schließlich machte Farfalle die Schnauze auf. «Das Feriendorf TropenInsel ??», wiederholte er mit RAUER Stimme. «Soll das heißen, das hier ist ~~gar~~ keine einsame Insel?»
Der Anführer der Mäuse war verwirrt. «Einsame Insel? Habt ihr denn nicht die Touristenmassen am Strand gesehen?», antwortete er. «Wir sind mitten in der HOCHsaison!»
Wütend drehte sich Farfalle zu Thea um. «Nicht genug, dass du mich auf die falsche Insel schleppst! Musstest du mich auch

noch in eine Touristenfalle locken?!» Die Mäuse in den Badeanzügen starrten uns immer noch verwundert an. Sie konnten einfach nicht verstehen, warum unsere Kleider so ZERRISSEN und unser Fell so schmutzig war!

Ein schüchterner Mäuserich mit großen Ohren wandte sich an Thea. «Äh, Fräulein, machen Sie gerade ein *Überlebenstraining?*», fragte er.

Thea fielen fast die Augen aus dem Kopf. «Überlebenstraining?», wiederholte sie mit drohender Stimme. «Sehe ich etwa aus wie jemand, der ein Training braucht? Sieh dir mal dieses Messer an. Damit mach ich in

null Komma nichts Kleinholz aus jedem Mäuseschwanz. Schnipp! Schnapp!»

Und mit einem einzigen Schlag hieb sie einen Zweig entzwei. Ihr Publikum erzitterte ehrfurchtsvoll.

«Darf ich Sie heute Abend zum Essen einladen?», fragte der Mäuserich mit den großen Ohren meine Schwester.

«Wir werden sehen, mein Lieber, wir werden sehen», flötete Thea geschmeichelt und nahm seinen Arm.

Ich schüttelte nur den Kopf. Dann machten auch Benjamin und ich uns auf den Weg zum **Feriendorf**. Farfalle dagegen blieb wie angewurzelt auf seinem Platz und starrte ins Nichts. «Kein Schatz …», murmelte er wieder und wieder. «Kein Schatz …»

BITTE ANSCHNALLEN!

Nachdem der Direktor des **Feriendorfs** unsere merkwürdige Geschichte gehört hatte, besorgte er uns vier Erste-Klasse-Tickets für den nächsten Flug zurück nach Mausilia. Besser gesagt: drei Tickets, denn Thea hatte sich entschlossen, noch ein paar Tage zu bleiben.

«Er ist ja so ein *Schatz!*», vertraute mir Thea an, als wir über ihren neuen, großohrigen Freund sprachen. «Ich habe noch nie einen so charmanten Mäuserich getroffen! Er betet mich an, und er ist so romantisch! *Geronimo*, warum bleibst du nicht auch noch ein bisschen?»

«**Ich will nach Hause!** Ich will einfach nach Hause!», beharrte ich.

Dann wurde es Zeit, Abschied zu nehmen.
«Bitte begeben Sie sich zum Einstieg!», tönte es aus dem Lautsprecher. Wir stiegen in unser Flugzeug.
«Bitte stellen Sie die Sitzlehnen senkrecht und schnallen Sie sich an!», forderte der Pilot uns auf.
Eine hübsche Stewardess mit hellbraunem Pelz kam den Gang entlang und verteilte leckere Käseecken.

«War's nett im Urlaub?», fragte mich mein Sitznachbar.
Nett ist eigentlich nicht das richtige Wort, dachte ich. Wie wäre es mit Katastrophe? Oder Albtraum? Doch ich nickte. «Nett», grummelte ich. «Wirklich **sehr nett**.»

Farfalle war wieder ganz der Alte. Ich konnte hören, wie er sich vor der Stewardess aufplusterte. Er behauptete tatsächlich, er sei ein SEGELEXPERTE! Und dann begann er, ihr unser ABENTEUER zu erzählen.
Ich achtete nicht auf die Einzelheiten, denn ich war damit beschäftigt, aus dem Fenster zu schauen. Es war das erste Mal, dass ich die Insel von oben sah. Was für ein Anblick! Genau in der Mitte der INSEL lag der GRÜNE SEE. Genau dort, wo laut Theas Karte der Schatz liegen sollte.
Seltsam. Von hier oben sah die Insel aus wie ein **smaragdgrünes Auge**.
AUGE? SMARAGD?
«Heiliger Käsekuchen!», rief ich aufgeregt. Benjamin, der schon eingeschlafen war, fuhr erschrocken hoch.

«**SEHT DOCH!**»,

rief ich und zog Farfalle am Schwanz. Ich sprang aus meinem Sitz und zeigte aus dem Fenster. «Da ist ja das SMARAGD-AUGE!»
Die Passagiere um mich herum sahen verwundert hoch.
«Der SEE ist der Schatz, den die Karte gemeint hat!», rief ich, ohne auf sie zu achten. «Ein Süßwassersee auf einer Meeresinsel – ein kostbarer Schatz für jeden durstigen Seemann!»
Mein Cousin schnaubte verächtlich. «Geronimaus, ein Schatz ist etwas, wovon ich mir was kaufen kann! Das Einzige, was du mit dem Schatz da unten machen kannst, ist, deine Socken drin zu waschen!»
Ich seufzte und ließ mich in meinen Sessel fallen.
Der grün schimmernde See in der Mitte der Insel entfernte sich immer weiter. Ben-

jamin lehnte seinen kleinen Kopf an meine Schulter.
«Ich finde, das SMARAGD-AUGE ist ein wunderbarer Schatz, Onkel», sagte er.
«Das ist der schönste SCHATZ, den ich jemals gesehen habe!»

EIN MEGAGROSSER KÜHLSCHRANK

s war so schön, wieder zu Hause zu sein! Saubere Laken, eine HEISSE Dusche und mein megagroßer KÜHLSCHRANK, voll der besten Käse, die eine Maus sich kaufen kann!

Ein paar Tage später lief mir Farfalle über den Weg. «Du schreibst doch so gern Bücher. Warum veröffentlichst du unsere Schatzsuche nicht als Abenteuergeschichte?», schlug er vor.

An diesem Abend blätterte ich durch mein Reisetagebuch. Was für ein Abenteuer! So viel Stoff für einen Schriftsteller.

Vielleicht hatte Farfalle *recht* …

Mein megagroßer Kühlschrank war voll der besten Käse!

HALLO, GERRY?

Drin, driinn, driiinnn…

Eines Morgens rief Thea mich im Büro an.
«GERRYBERRY, ich habe un-glaub-li-che Neuigkeiten für dich! Rate mal, was ich gerade entdeckt habe», quiekte sie.
«Woher soll ich das denn wissen?», grummelte ich.
«Noch eine Karte! Du weißt schon, wovon ich rede, oder?!», drängelte meine Schwester.
«Nein, weiß ich nicht. Was erzählst du da? Was für eine Karte?»
«Wir machen es genauso wie beim letzten Mal! Erinnerst du dich? FROMAGE D'OR… Ravioli mit Käsefüllung … extrascharfe

Soße? Mehr sage ich nicht», schloss sie geheimnisvoll.

FROMAGE D'OR? Ravioli? Extrascharfe Soße? Karte?

Ich sprang erschrocken von meinem Stuhl auf. Das konnte nur eins bedeuten: Meine verrückte Schwester plante eine neue Reise. «Oh, nein! Diesmal nicht!», quiekte ich in den Hörer. «Nie im Leben! Du hast doch jetzt einen Freund. Frag doch ihn, ob er mitkommen will.»
«WEN? DAS ALTE GROSSOHR? Der ist doch Schnee von gestern», informierte sie mich. «Aber im Ernst – du würdest mich doch nicht mutterseelenallein losziehen lassen, oder? Du bist mein älterer Bruder. Wo bleibt dein Pflichtgefühl? Die Reise könnte sehr ge-fähr-lich werden! Hallo, Gerry? Gerry, bist du noch dran? Gerry, Gerrrry, Gerrrrrry!», quiekte Thea.

Nenn mich nicht **Gerry**, wollte ich sagen. Mein Name ist Geronimo, *Geronimo Stilton!*

Doch ich hatte keine Kraft mehr dazu.

Ich ließ den Hörer auf den Schreibtisch sinken.

Mir war völlig klar, wohin dieser Anruf führen würde …

1
2
3
4
5
6
7
8
9
10
11
12
13
14
15
16
17
18
19
20
21
22
23
24
25
26
27
28
29
30
31
32
33
34
35
36
37
38
39
40
41
42
43
44
45
46
Maussissippi
Strand

MAUSILIA, DIE STADT DER MÄUSE

1. Industriegebiet
2. Käsefabriken
3. Flughafen
4. MAUS-TV (Radio- und Fernsehsender)
5. Käsemarkt
6. Fischmarkt
7. Rathaus
8. Snobussiburg
9. Die Sieben Hügel von Mausilia
10. Hauptbahnhof
11. Einkaufszentrum
12. Filmpalast
13. Fitness-Center *Topgym*
14. Konzertsaal
15. Obelisk
16. Stadttheater
17. Grandhotel
18. Krankenhaus
19. Botanischer Garten
20. *Billigwillich-Bazar* (Farfalles Laden)
21. Tante Lippas und Benjamins Haus
22. Farfalles Haus
23. Mauseum für Moderne Kunst
24. Universität und Bibliothek
25. *RATTZ* (Ratten-Zeitung)
26. *Neue•Nager◦Nachrichten* (N•N◦N)
27. Modeviertel
28. Restaurant *Fromage d'Or*
29. Zentrum für Meeres- und Umweltschutz
30. Hafenamt
31. Stadion
32. Golfplatz
33. Freibad
34. Tennisclub
35. Freizeitpark
36. Geronimos Haus
37. Antiquitätenviertel
38. Buchhandlung
39. Werft
40. Theas Haus
41. Hafen
42. Leuchtturm
43. Freiheitsstatue
44. Herkules Poiratts Büro
45. Patty Springs Haus
46. Großvater Wilhelms Haus

Hier geht's zum Polarmausmeer
Hier schwimmen die Wale vorbei
Korsareninsel
Galeone der Piratenkatzen
Schildkröteninsel
Atoll der Glücklichen Inseln
Korallenriff
Delfinbucht
Archipel de Kranken Kanalratte
Karieszahn-bucht
Schimmelkäse-hafen
Stinkekäsehafen
Hier geht's zum Rattlantik
Streunender-Kater-Bucht
Mausburg am Meer
Hier geht's zum Razifik
Maushafen
Achtung, Haie!
Schmalzkuchenhafen
MAUSILIA
Kahle Insel
MÄUSE-INSEL
Hier geht's zum Mittelmausmeer
1
2
3
4
5
6
7
8
9
10
11
12
13
14
15
16
17
18
19
20
21
22
23
24
25
26
27
28
29
30
31
32
33
34
35
36
37

DIE MÄUSE-INSEL

1. Großer Eissee
2. Frostpelzspitze
3. Bibberbibbergletscher
4. Kanngarnichtkälter-seinberg
5. Mausikistan
6. Transmausanien
7. Vampirberg
8. Feuriger Nager *(Vulkan)*
9. Schwefelsee
10. Müderkaterpass
11. Stinktierberg
12. Finsterwald
13. Geheimnistal
14. Schauderberg
15. Schattenlinienpass
16. Knauserfelsen
17. Nationalpark
18. Mausigendamm
19. Steinerner Wald
20. See-See
21. Seesee-See
22. Seeseesee-See
23. Goudafelsen
24. Schloss Mückmiau
25. Tal der Mammut-bäume
26. Käsefondue-Quelle
27. Schwefelsümpfe
28. Geysir
29. Tal der Ratten
30. Kloakental
31. Mückenmoor
32. Mozzarellahügel
33. Wüste Mausahara
34. Oase des Spuckenden Kamels
35. Gipfelgipfel
36. Dunkeldschungel
37. Rio Moskito

Lizenzausgabe für Schwager & Steinlein Verlag GmbH,
Emil-Hoffmann-Str. 1, D-50996 Köln
Gesamtherstellung: Schwager & Steinlein Verlag GmbH

Italienische Originalausgabe:
„Il mistero dell'occhio di smeraldo"
bei Edizioni Piemme S.p.A., Mailand

Nach einer Idee von Elisabetta Dami
Text von Geronimo Stilton
Aus dem Italienischen von Carsten Jung
Umschlagsillustration von Roberto Ronchi und Alessandro Muscillo;
Umschlagsgestaltung von Laura dal Maso/theWorldofDot, art director Iacopo Bruno
(adaptiert durch Schwager & Steinlein Verlag)
Innenillustrationen nach Ideen von Matt Wolf,
bearbeitet von Michele Dall'Orso und Chiara Sacchi
Abbildungen von Angela Simone, Chiara Sacchi und Benedetta Galante
www.geronimostilton.com